Der Bücherbär **Buntes Leseabenteuer**

Christian Bieniek

Karo Karotte und der Club der starken Mädchen

Mit farbigen Bildern
von Irmgard Paule

VANCOUVER WESTSIDE GERMAN SCHOOL
P.O. Box 39076, Point Grey R.P.O.
Vancouver, B.C. V6R 4P1
Phone: (604) 736-5955

Christian Bieniek,
Jahrgang 1956, schrieb zunächst für Fernsehen und
Hörfunk. Doch schon mit seinem ersten Jugendbuch
»Immer cool bleiben« gelang ihm auf Anhieb der
Durchbruch. Inzwischen gehört er zu den erfolgreichsten
Kinder- und Jugendbuchautoren Deutschlands. Sein Buch
»Svenja hat's erwischt« stand auf der Auswahlliste zum
Deutschen Jugendliteraturpreis.

Irmgard Paule
arbeitet seit dem Studium für Gestaltung als Grafikerin in
der Werbebranche und ist seit 1998 als freischaffende
Illustratorin für verschiedene Verlage tätig.

In neuer Rechtschreibung

2. Auflage 1998
© Edition Bücherbär im Arena Verlag, Würzburg 1998
Alle Rechte vorbehalten
Einband und Illustrationen: Irmgard Paule
Gesamtherstellung: Westermann Druck Zwickau GmbH
ISBN 3-401-07526-8

1

Weißt du, was das ist, Karoline?«, fragt mich Dr. Fröhlich mit ernster Miene und tippt mitten auf den Bildschirm.

»Nö.« Außer ein paar verschwommenen Wolken kann ich beim besten Willen nichts erkennen.

»Das ist der Beweis dafür, dass du ein kleines Brüderchen bekommst.«

»Ein was?« Ich reiße entsetzt die Augen auf. »Sie meinen…«

Er nickt und zeigt wieder auf den Bildschirm. »Wenn das kein Junge ist, fresse ich mein Stethoskop.«

»Oh nein!« Ich bin geschockt. »Das darf ja wohl nicht wahr sein: Ich bekomme einen Bruder! Igitt!«

Dr. Fröhlich verzieht keine Miene und fährt weiter mit dem komischen Ultraknalldingsbums auf Mutters dickem Bauch spazieren. »Warum hättest du denn lieber ein kleines Schwesterchen?«

»Weil eine Schwester ein Mädchen ist, darum!«,
brumme ich.

»Wieso kannst du denn Jungs nicht leiden?«

So 'ne dämliche Frage! Ich hole ganz tief Luft, um einen Vortrag über die schrecklichste Plage auf diesem Planeten zu halten. Doch meine Mutter ist dagegen. Sie nimmt meine Hand und sagt: »Reg dich nicht auf, mein Schatz.« Dann zeigt sie lächelnd auf ihren Bauch. »Vielleicht ist der da drin ja ganz nett.«

»Blödsinn! Nette Jungs gibt's nur im Fernsehen.« Ich streichle ihren Arm. »Du tust mir Leid«, seufze ich.

»Wieso?«

»Weil du seit acht Monaten einen Jungen mit dir rumschleppst. Kein Wunder, dass dir immer schlecht ist…«

Ich heiße zwar Karoline, aber zum Glück nennt mich fast niemand so. Im Kindergarten gab mir nämlich irgendein Witzbold den Spitznamen Karotte. Das passt wirklich gut zu meinen roten Haaren. Ich habe eine Stupsnase, grüne Augen, viel zu große Ohren, zwei Zahnlücken, 37 Sommersprossen und ein totes Kaninchen. Es liegt in Tanjas Garten unter dem Kirschbaum. Die Beerdigung war sehr traurig, aber auch irgendwie schön. Oder darf man Beerdigungen nicht schön finden?

Tanja ist eine meiner drei besten Freundinnen. Die anderen beiden heißen Esther und Yildiz. Wir sind unzertrennlich. Wir haben uns versprochen, alle sind immer für eine da und eine für alle. Das macht uns stark – vor allem gegen die Jungs in der Schule. Die hänseln uns manchmal mit dem Namen *Club der starken Mädchen* und lachen sich dabei halb tot. Aber das wird ihnen bald vergehen.

Fast jeden Nachmittag treffen wir uns auf dem Seilspielplatz im Volksgarten. Und genau dorthin bin ich gerade unterwegs, leider auf einem viel zu kleinen Fahrrad. Beim Treten stoßen meine Knie dauernd gegen den Lenker und ärgern sich darüber grün und blau. Alle paar Tage flehe ich meine Eltern an mir ein neues Rad zu kaufen – vergeblich. *Neu* und *kaufen* sind Wörter, die meine Eltern gerne überhören.

Kurz darauf kommt der Seilspielplatz in Sicht. Ich hebe den Kopf. Klar, meine Freundinnen hocken schon oben im Nest – einem Netz, das an dicken Seilen hängt.

»Na endlich!«, ruft Esther zu mir herunter. »Wo warst du denn so lange?«

»Beim Frauenarzt«, rufe ich zurück. Die Mütter rings-
um gucken mich irritiert an.

Ich steige vom Rad und lehne es an einen Laternen-
pfahl. Obwohl ich es nie abschließe, wird es einfach
nicht geklaut. Mist! Wahrscheinlich werde ich noch
als Rentnerin auf dem blöden Babyrad rumfahren
müssen.

Von den vier Nestern auf dem Seilspielplatz ist unse-
res am höchsten. Normalerweise klettere ich die Seile so flink wie ein Affe hinauf, aber heute bewege ich
mich wie eine Schnecke.

»Hey, Karotte, was ist los mit dir?«, höre ich Yildiz
brüllen. »Tut dir irgendwas weh?«

»Erraten!«

»Was denn?«

»Das Foto in meiner Hose.«

»Hä?«, sagen meine drei Freundinnen im Chor.

Nachdem ich oben angekommen bin, hole ich das zer-
knitterte Foto aus der Tasche, drücke es Tanja in die
Hand und lasse mich zwischen Esther und Yildiz nieder.

Während Tanja das Foto betrachtet, erscheinen immer mehr Runzeln auf ihrer Stirn. Schließlich sagt sie: »Ich kann überhaupt nichts erkennen. Sollen das Regenwolken sein?«

»Quatsch«, knurre ich. »Das ist mein Bruder!«

»Dein *was?*«

Nun beugen sich auch Esther und Yildiz über das Foto. »Wenn du eine Wolke wärst, würde dein Bruder dir ähnlich sehen«, meint Esther kichernd.

»Bruder!«, schnaubt Yildiz. »Karotte will uns bloß reinlegen.«

»Schön wär's!«, seufze ich.

Ich erzähle meinen Freundinnen von Doktor Fröhlich und seinem Ultraschallgerät, mit dem er vorhin das Foto gemacht hat.

»Leider hat er ganz genau erkannt, dass das Baby ein Junge ist«, erkläre ich.

»Woran denn?«, will Tanja wissen.

»Bestimmt nicht an den Ohren«, antwortet Esther. Dann legt sie einen Arm um meine Schulter und sagt: »Sei nicht traurig, Karotte! Deine Mutter hat zwar einen Jungen im Bauch, aber du kannst trotzdem noch eine Schwester kriegen, wenn du willst. Es gibt da nämlich einen Zaubertrick«, fügt sie geheimnisvoll hinzu.

»Ach!«, sage ich und spitze die Ohren.

»Wenn deine Mutter schläft, legst du ihr eine Barbiepuppe auf den Bauch. Dann weiß der Junge, dass er sich gefälligst in ein Mädchen verwandeln soll.«

Yildiz tippt sich an die Stirn. »Erzähl keine Märchen!«

»Von wegen Märchen! Bei mir hat der Trick auch funktioniert«, behauptet Esther. »Meine Schwester Jennifer war auch ein Junge, ehe sie auf die Welt kam. Ehrlich!«

Yildiz, Tanja und ich grinsen uns an. Natürlich glauben wir Esther kein Wort. Meistens nimmt sie es mit der Wahrheit nicht so genau. Nein, Esther ist keine Lügnerin. Sie hat nur zu viel Phantasie und die muss sie irgendwie loswerden.

Tanja zeigt auf das Foto. »Hast du dir schon einen Namen für deinen Bruder ausgedacht?«

Ich nicke.

»Wie soll er denn heißen?«

»Blödmann.«

2

Blödmann?«, wiederholt mein Vater beim Abendessen mit einem Schmunzeln. »So heißt doch kein Mensch!«

»Er ist ja auch kein Mensch, sondern ein Junge«, erwidere ich kauend. »Blödmann Bender – klingt doch prima, oder?«

»Uns fällt bestimmt noch was Besseres ein«, sagt Vater, während er an seiner Pizza herumsäbelt. »Was haltet ihr von Sebastian? Oder Marcel?«

»Warum fragst du ihn nicht selbst?«, schlägt Mutter vor.

Prompt legt Vater sein Besteck auf den Teller und beugt sich über Mutters Bauch.

»Willst du gerne Sebastian heißen?«, fragt er den Bauch. »Oder lieber Marcel?«

Gespannt warten meine Eltern auf eine Reaktion.

»Hat er sich bewegt?«, flüstert Vater.

»Nein«, antwortet Mutter.

»Hm«, sagt Vater. »Dann müssen wir uns einen anderen Namen ausdenken.«

Ich schüttle den Kopf. »Glaubst du tatsächlich, dass
er dich versteht, Vati?«

»Natürlich. Babys kriegen alles mit, auch wenn sie

noch nicht geboren sind.« Und wieder beugt er sich über Mutters Bauch und ruft: »Ich freue mich auf dich, mein Sohn! Wir alle freuen uns auf dich! Na ja, *fast* alle«, fügt er mit einem Seitenblick auf mich hinzu.

»Sie freut sich doch genauso wie wir«, sagt Mutter. »Stimmt's, Karo?«

»Nenn mich nicht immer Karo!«, erwidere ich gereizt. »Ich bin doch keine Spielkarte.«

Nach dem Abendessen verkrümle ich mich in mein Zimmer, weil ich keine Lust habe über das Baby zu quatschen. Seit Wochen unterhalten sich meine Eltern über nichts anderes mehr. Unglaublich: Blödmann Bender schwimmt noch in Mutters Bauch herum und trotzdem ist er meinen Eltern schon tausendmal wichtiger als ich! Ich öffne den Kaninchenkäfig und hole Rinaldo heraus. Nein, nicht den echten Rinaldo; der liegt ja unter dem Kirschbaum in Tanjas Garten. Ich habe ein großes Foto von ihm. Und mit diesem Foto spreche ich nicht nur, sondern ich streichle es und lege ihm jeden Tag neues Futter hin. Ziemlich verrückt, ich weiß. Gegen den Tod kann man nichts machen, sagt Mutter. Aber ich mach trotzdem was dagegen, wenn auch nur mit einem Foto.

Ich lege mich aufs Bett, drücke mein Kaninchen an die Brust und denke nach. Was sich wohl für mich ändern wird, wenn mein Brüderchen auf der Welt ist? Wahrscheinlich alles! Acht Jahre lang hab ich bei meinen Eltern die Hauptrolle gespielt. Aber seit der zukünftige Schreihals auf der Bildfläche erschienen ist, bin ich für meine Eltern nur noch so wichtig wie ein Mülleimer.

»Sind Geschwister nicht was Furchtbares, Rinaldo?«, frage ich mein Kaninchen.

Ehe es darauf antworten kann, kommt mein Vater ins Zimmer. »Störe ich?«

»Nö.« Er setzt sich neben mich aufs Bett, nimmt Rinaldos Foto und guckt es an.

»Es war keine gute Idee, dir ein Kaninchen zu schenken«, sagt er und kratzt sich dabei an seinem stachligen Kinn. »Wie lange ist Rinaldo schon tot?«

Ich will jetzt nicht darüber reden. Darum rupfe ich ihm Rinaldos Foto aus der Hand, stehe vom Bett auf und gehe zum Käfig. Bevor ich mein Kaninchen wieder einschließe, drücke ich ihm einen Kuss aufs Fell.

»Sag mal, bist du wirklich enttäuscht darüber, dass du ein kleines Brüderchen bekommst?«, erkundigt sich mein Vater.

»Wenn er immer klein bliebe, wär's ja nicht so schlimm. Aber leider verwandelt sich das Brüderchen irgendwann mal in einen ausgewachsenen Jungen. Dann wird hier nur noch gebrüllt, gespuckt, getreten und gekloppt. Und darauf soll ich mich freuen?«

Mein Vater lacht. Ich lehne mich an den Schreibtisch, verschränke die Arme und mache ein finsteres Gesicht. So 'ne Gemeinheit, mein Vater nimmt mich nicht ernst!

»Du kennst doch überhaupt keinen Jungen«, sagt er.

»Soll das ein Witz sein?«, reg ich mich auf. »In meiner
Klasse wimmelt es nur so von Jungs! Und einer ist
schlimmer als der andere.«

»Ich meine *einen einzigen*«, wiederholt er.

»Wie bitte? Ich verstehe keine Wort!«

»Von Jungs verstehst du wirklich rein gar nichts«,
seufzt Vater. »Warum freundest du dich nicht endlich
mal mit einem Jungen aus deiner Klasse an? Dann
würdest du garantiert eine Überraschung erleben.«

»Wieso?«

»Weil einzelne Jungs nicht ganz so ungenießbar sind wie 'ne ganze Horde.«

»Du spinnst!«, fauche ich. »Sag mal ehrlich, Vati: Glaubst du im Ernst, dass es nette Jungs gibt?«

Er nickt. »Vor 30 Jahren kannte ich jedenfalls einen.«

»Wirklich? Wie hieß er denn?«

»So wie ich«, sagt Vater und zwinkert mir dabei verschmitzt zu.

3

Am nächsten Morgen auf dem Weg zur Schule krächzt plötzlich eine Stimme hinter mir: »Platz da!« Es ist Ludwig, der schlimmste Raufbold in unserer Klasse. Als er mich überholt, rülpst er mir ins Gesicht. Komisch, dass Ludwig heute so höflich zu mir ist! Normalerweise stellt er mir ein Bein oder schubst mich zur Seite oder kneift mich in den Arm.

Während ich hinter ihm hergehe, muss ich an Vaters Sprüche von gestern Abend denken. Vielleicht hat er ja Recht und es gibt tatsächlich nette Jungs. Aber wo? Garantiert nicht auf unserer Schule. Ob einzeln oder im Viererpack: Ludwig und seine Kumpane sind einfach ekelhaft! Oder?

Ich beschließe einen Test zu machen. Als ich kurz darauf neben Ludwig an der Ampel stehe, hole ich ein Papiertaschentuch aus der Jeans. Ich tupfe mir den Schweiß von der Stirn und lasse dann das Taschentuch fallen. Diesen Trick habe ich mal in einem Film gesehen. Da hob der Mann das Taschentuch sofort auf und gab es der Frau zurück und verliebte sich prompt in sie.

Und Ludwig?

Der reagiert erst, als die Ampel auf Grün springt: Er tritt mit dem linken Fuß auf mein Taschentuch und grinst mich dabei frech an. Dann marschiert er über den Zebrastreifen.

»Danke!«, rufe ich ihm hinterher.

»Blöde Kuh!«, ruft er zurück.

Wirklich nett, dieser Ludwig – fast so nett wie ein Killerwal…

In der Klasse wiederhole ich noch ein paarmal den Taschentuchtest, aber keiner reagiert. Auch nicht Miguel und Jonas, die hinter Yildiz und mir sitzen. Beide stellen sich blind und kümmern sich kein bisschen um das Taschentuch. Ich will mich bücken, um es aufzuheben, doch jemand ist schneller als ich: Herr Wetzloff.

»Was ist heute los mit dir, Karoline?«, fragt mich unser Lehrer, während er sich über die Glatze streicht. »Alle zwei Minuten lässt du dein Taschentuch fallen. Kannst du mir mal verraten, was das bedeuten soll?«

»Das bedeutet, dass – äh – dass ich schwitze und ganz glitschige Finger habe und nichts richtig festhalten kann. Hier, gucken Sie mal!«

Ich will mein Lesebuch nehmen, aber es rutscht mir aus den Fingern. Das Gleiche passiert mit dem Rechenheft, dem Bleistift und dem Radiergummi.

»Danke, das reicht!«, ruft Herr Wetzloff, als ich nach dem Mäppchen greife. »Und jetzt verrate mir endlich, warum du dein Taschentuch ständig fallen lässt.«

»Hab ich doch gerade gesagt: wegen meinen Schweißfingern.«

Auf Herrn Wetzloffs Gesicht erscheint ein Lächeln, allerdings kein besonders freundliches.

»Wirf bitte mal einen Blick auf deinen Stundenplan, Karoline! Wir haben gerade das Fach Schreiben und nicht das Fach Veräppeln, kapiert?« Und damit rauscht er zurück zur Tafel.

In der Pause wollen Tanja und Yildiz wissen, was wirklich hinter der Taschentuch-Geschichte steckt.

»Ganz einfach: Ein Junge sollte es mir aufheben.«

»Hä? Was für ein Junge?«, fragt Yildiz verblüfft.

Ich zucke mit den Schultern. »Keine Ahnung. Ein netter jedenfalls. Mein Vater behauptet, so was gibt's.«

»Auf einem anderen Planeten vielleicht, aber nicht hier auf der Erde«, sagt Tanja verächtlich.

Sie kann Jungs nicht ausstehen, und das mit gutem Grund. Im ersten Schuljahr hat ihr mal einer den Arm gebrochen. Und vor drei Monaten ist ihr Ludwig so brutal auf die Füße getreten, dass sie tagelang humpelte. Seitdem hat Tanja richtig Angst vor Jungs und geht ihnen möglichst aus dem Weg.

»Das mit dem Taschentuch hab ich mal in so einem schnulzigen Liebesfilm gesehen«, erkläre ich.

»Wo sich die Schauspieler dauernd gegenseitig die Lippen ablecken?« Yildiz verdreht die Augen. »Langweilig!«

Plötzlich kommt Esther angerannt. Sie hat knallrote Backen. »Diese Mistkerle!«, schimpft sie wütend. »Diese verdammten Mistkerle!«

»Was ist passiert?«, will Tanja wissen.

»Das hier!« Esther dreht sich um.

»Die Idioten haben Frisör mit mir gespielt!«, faucht sie.

Tatsächlich: Jemand hat Esther eine Haarsträhne abgeschnitten.

»Sieht ja scheußlich aus!«, sagt Yildiz. »Wer war das?«

»Keine Ahnung. Aber sie müssen zu fünft oder sechst gewesen sein. Die haben sich von hinten auf mich gestürzt, mir die Augen verbunden und meine Hände gefesselt. Und dann hab ich das Schnipseln der Schere gehört. Ich durfte nicht schreien, sonst hätten sie mir noch ein Ohr abgeschnitten.«

Tanja, Yildiz und ich wechseln skeptische Blicke, die Esther natürlich nicht entgehen.

»Glaubt ihr mir etwa nicht?«, fragt sie uns gereizt.

Wir schütteln gleichzeitig unsere Köpfe. Esthers Phantasie ist wie ein wildes Pferd, das mindestens einmal am Tag durchgeht.

»Es stimmt aber«, beteuert sie. Dann fügt sie etwas leiser hinzu: »Das mit den Haaren zumindest.« Und dann gesteht sie kleinlaut: »Die Augenbinde und die Fesseln hab ich erfunden. In Wirklichkeit hab ich gar nicht gemerkt, wie mir die Haare abgeschnitten wurden. Der Mistkerl muss sich ganz leise an mich rangeschlichen haben.«

»Bist du denn sicher, dass es ein Kerl war und keine Kerlin?«, erkundigt sich Yildiz.

»Na hör mal!«, mischt sich Tanja empört ein. »So was würde ein Mädchen doch niemals tun.«

»Ach nee!«, erwidert Yildiz. »Hast du mir nicht auch mal ein paar Locken abgeschnitten?«

»Ja, das stimmt«, gibt Tanja zu. »Aber das war nur Spaß.«

»Habt ihr keine Ahnung, wer an meinen Haaren interessiert sein könnte?«, fragt Esther.

»Da kommt nur einer in Frage«, erkläre ich schmunzelnd.

»Wer denn?«

Ich zeige auf Herrn Wetzloff, unseren Lehrer, der sich gerade am Schultor mit dem Hausmeister unterhält.

»Herr Wetzloff?« Esther guckt mich verständnislos
an. »Was soll der denn mit meinen Haaren?«

»Sich auf den Kopf kleben, was sonst? Außer Schweiß-
perlen wächst ihm doch nichts mehr da oben.«

4

Meine Mutter will zwar wissen, wie es in der Schule war, aber sie hört mir nicht zu, als ich es ihr erzähle. Sie sitzt auf dem Sofa, streicht immer wieder mit beiden Händen über ihren riesigen Bauch und guckt dabei verträumt vor sich hin.

Ich spinne was zusammen von einem Tiger und einem Elefanten, die uns heute in der Klasse besucht haben. Mutter merkt nicht, dass ich nur Quatsch rede.

»Was gibt's denn zu essen?«, frage ich schließlich.

Keine Antwort.

»Ich hab dich was gefragt, Mutti!«

»Nein, heute muss ich nicht zum Arzt«, murmelt sie.

»Das will ich gar nicht wissen. Was gibt's heute zu essen?«

»Für dich leider nur ein Wurstbrot und einen Jogurt. Ich hatte Spagetti gekocht, aber dann hatten wir so einen Hunger, dass wir alles aufgegessen haben.«

»Wer wir?«, frage ich verblüfft.

Mutter lächelt ihren Bauch an und erklärt mir, dass Babys in den letzten Wochen vor der Geburt ganz besonders großen Appetit haben. Na toll: Blödmann Bender futtert mir jetzt schon das Essen weg!

Ich gehe in die Küche und hole mir einen Sechserpack Erdbeerjogurt aus dem Kühlschrank. Obwohl ich einen Becher nach dem anderen verschlinge, werde ich einfach nicht satt. Beim vierten Jogurt kommt Mutter in die Küche. »Schmeckt's?«

»Nicht so gut wie Spagetti«, brumme ich.

Mutter drückt mir einen Kuss auf die Backe.

»Soll nicht wieder vorkommen, Karo. Ab morgen koche ich doppelt so viel wie sonst.«

Sie lässt sich auf dem Stuhl neben mir nieder und fragt mich, was ich heute Nachmittag vorhabe. Ich erzähle ihr, dass ich gleich zu Tanja radeln will. Wir wollen zusammen Hausaufgaben machen und dann Schach spielen. Mutter guckt mich die ganze Zeit an und nickt sogar manchmal. Ob sie mir tatsächlich zuhört? Das wäre ja eine echte Sensation!

Ich nutze die Gelegenheit, um mich über mein Baby-
fahrrad zu beschweren.

»Das sieht vielleicht bescheuert aus, wenn ich auf diesem kleinen Ding hocke! Wann krieg ich denn endlich
ein neues Fahrrad? Zum Geburtstag?«

Mutter nickt zweimal, sagt aber nichts.

»Huuhu, Mutti! Ich hab dich was gefragt!«

»Nein, ich muss heute nicht zum Frauenarzt.«

Eine Viertelstunde später sitze ich auf meinem Baby-
fahrrad und trete wütend in die Pedale.

Dieser Blödmann Bender treibt mich noch in den
Wahnsinn!

Ehe er sich in Mutters Bauch verirrte, war ich für meine Eltern richtig wichtig. Sie interessierten sich für alles, was ich tat. Und noch mehr für das, was ich *nicht* tat, zum Beispiel mein Zimmer aufräumen und Zähne putzen. Aber jetzt bin ich ihnen völlig egal! Ich könnte meine Zähne jeden Abend mit Himbeereis putzen – na und? Mutter hört nicht mal mehr zu, wenn ich ihr meinen Geburtstagswunsch verrate.

Aber warum sollten meine Eltern überhaupt an meinen Geburtstag denken? Der ist ja erst nächste Woche. Der Tag von Blödmann Benders Geburt ist natürlich zwei Millionen Mal wichtiger!

»Mensch, Karotte!«, begrüßt Tanja mich an der Haustür. »Was machst du denn für ein Gesicht?«

»Ein böses!«, knurre ich und marschiere an Tanja vorbei in ihr Zimmer. Dort lasse ich mich in ihren Sitzsack fallen und verwandle mich in eine Ziege: Ich meckere und meckere und kann gar nicht mehr damit aufhören. Ich meckere über meine Eltern, meinen Bruder – was für ein ekliges Wort! –, mein Fahrrad, meinen kaputten Füller und meinen Rücken.

»Hä? Was ist denn mit deinem Rücken?«, fragt Tanja.

»Der tut mir weh, weil dein blöder Sitzsack so unbequem ist.«

Ich stehe auf und verpasse dem Sack ein paar Tritte. Tanja lacht. Erst ärgere ich mich darüber, aber dann muss ich einfach mitlachen. Tanjas Schildkröte hebt den Kopf und guckt uns beim Kichern zu.

Nachdem wir uns wieder beruhigt haben, setzen wir uns an Tanjas Schreibtisch und machen Hausaufgaben. Anschließend holen wir das Schachbrett aus dem Regal. Außer Tanja kenne ich kein Mädchen, das Schach spielen kann. Sie spielt zwar nicht besonders, aber sie ist eine sehr gute Verliererin. Und das muss man schon sein, wenn man eine Schachpartie mit mir riskiert.

Während wir die Figuren aufstellen, fällt mein Blick auf Tanjas Geigenkasten. Ich stoße einen Seufzer aus. Tanja weiß, warum.

»Es ist jetzt zwei Wochen her, stimmt's?«, sagt sie.

»Stimmt«, antworte ich traurig.

Heute vor 14 Tagen haben wir Rinaldo beerdigt. Yildiz und Esther gruben ein Loch neben dem Kirschbaum, in das ich den Schuhkarton mit meinem toten Kaninchen legte. Dann schaufelte ich ganz allein das Grab zu. Meine Freundinnen und ich weinten dabei um die Wette. Zum Schluss nahm Tanja ihre Geige und spielte *Fuchs, du hast die Gans gestohlen*. Das passte zwar überhaupt nicht, aber dieses Lied kann Tanja am besten.

»War doch irgendwie schön, die Beerdigung«, murmelt Tanja und stellt zwei Bauern aufs Schachbrett.

Ich nicke. »Beim nächsten Mal müssen wir unbedingt Fotos machen.«

»Nächstes Mal? Wann sollte das denn sein?«

»Na ja, wenn…« Ich schaue hinüber zu Tanjas Schildkröte.

Sie winkt ab. »Die kannst du vergessen. Schildkröten werden über 100 Jahre alt.«

»Hm, eigentlich schade…«

5

Am nächsten Tag geht Yildiz zum Friseur – allerdings nicht freiwillig: Es passiert wieder in der Pause. Bei dieser Affenhitze haben Esther, Tanja, Yildiz und ich keine Lust auf Gummitwist. Wir hocken schlapp unter einem der Kastanienbäume und futtern unsere Brote.

Dann verkünde ich meinen Freundinnen, dass ich leider keine Geburtstagsparty machen werde.

»Wieso denn nicht?«, will Esther wissen.

»Weil mein Geburtstag dieses Jahr ausfällt. Meine Eltern haben ihn völlig vergessen.«

»Wir schenken dir aber trotzdem was«, verkündet Yildiz. »Was wünschst du dir denn?«

»Ein Kilo Ohrenwatte, damit ich das Gequatsche über meinen Bruder nicht mehr höre.«

Lachend verschwindet Yildiz aufs Klo – und kommt mit Tränen in den Augen zurück.

»War kein Klopapier da?«, scherzt Esther, aber Yildiz ist nicht nach Witzen zu Mute.

»Dieser verdammte Idiot!«, faucht sie und schlägt sich mit beiden Fäusten auf die Oberschenkel. »Der kann was erleben!«

»Wen meinst du?«, fragt Tanja.

»Das weiß ich noch nicht. Aber erleben wird er trotzdem was. Hier, guckt euch meine Rübe an!«

Sie dreht sich um. Ach du Schande: In Yildiz' schwarzer Lockenpracht klafft ein richtiges Loch!

»Das war bestimmt derselbe, der mir gestern eine Strähne abgeschnitten hat«, ruft Esther aus. »Hast du nicht gesehen, wer's war?«

Yildiz schüttelt den Kopf. »Es ging blitzschnell. Als ich merkte, dass jemand an meinen Haaren rumfummelte, hab ich mich sofort umgedreht und losgebrüllt. Es standen jede Menge Jungs um mich herum, aber natürlich keiner mit 'ner Schere in der Hand. Mann, die haben vielleicht blöd gelacht!«

Es klingelt zur nächsten Stunde. Beim Reingehen legen Tanja und ich die Arme um Yildiz und trösten sie.

»Passt bloß auf eure Haare auf!«, warnt uns Yildiz. »Vielleicht ist morgen eine von euch beiden dran.«

»Ach, dagegen können wir uns doch schützen«, meint Tanja.

»Wie denn?«, frage ich.

»Indem wir uns heute Nachmittag eine Glatze schneiden lassen. Oder hast du eine bessere Idee, Karotte?«

Ja, hab ich.

Mit dem Fahrradhelm auf dem Kopf sitze ich am Montagmorgen am Frühstückstisch. Vor mir liegt ein Honigbrötchen und hinter mir das langweiligste Wochenende meines Lebens.

Am Samstag war ich mit meinen Eltern einkaufen – Klamotten für Blödmann Bender. War das teuer, das Zeug! Wieso braucht der Kerl überhaupt was zum Anziehen? Es ist doch Sommer. Kann er denn nicht bis zum Oktober in Windeln rumlaufen?

Am Nachmittag wollte mein Vater mit mir Schach spielen, was wir schon ewig nicht mehr getan haben. Aber nein: Mutter erinnerte ihn daran, dass er sein Büro ausräumen wollte. Dort zieht nämlich Blödmann ein. Wozu braucht ein 50 Zentimeter großer Schreihals ein 20-Quadratmeter-Zimmer? In den ersten Jahren könnte er doch in einem Pappkarton wohnen.

Das einzige Tier, das ich nicht mag, ist ein Muskelkater. Darum ließ ich meinen Vater auch alleine die Möbel aus dem Büro schleppen. Eine Hälfte davon verteilte er in der ganzen Wohnung, der Rest wanderte in den Keller.

Erst am Sonntagvormittag war das Büro leer. Aber aus dem Schachspiel wurde trotzdem nichts. Denn nach dem Mittagessen bewaffneten sich meine Eltern mit Farbe und Pinseln und verpassten Blödmann Benders Zimmer einen neuen Anstrich: himmelblau. Ich hasse Blau!

Am Abend bastelten sie noch mein altes Babybett und den Wickeltisch zusammen. Damit stand das Endergebnis für dieses Wochenende fest: 48 : 0. Meine Eltern haben sich 48 Stunden lang mit Blödmann Bender beschäftigt und keine Sekunde mit mir.

Auch jetzt beim Frühstück gibt's wieder nur ein Thema: Wie soll er heißen? Dass ich einen Fahrradhelm trage, obwohl ich gar nicht mit dem Rad zur Schule fahre, scheint niemanden zu interessieren.

»Wie findet ihr Jens-Peter?«, fragt Vater, während er sein Ei köpft. »Oder Markus? Markus Bender. Markus. Markus Bender. Klingt das nicht gut? Wie findet ihr Markus?«

»Wie findet ihr den Helm?«, murmle ich.

»Helm? Hm, komischer Name«, sagt Mutter.

»Ich meine den Helm auf meinem Kopf. Wundert ihr euch nicht darüber? Ich gehe doch zu Fuß in die Schule. Wollt ihr nicht wissen, wieso ich einen Helm trage?« Zum ersten Mal seit drei Tagen sehen mich meine Eltern richtig an. Und dann – na endlich! – erkundigt sich mein Vater, warum ich mit dem Helm am Frühstückstisch sitze.

Ich erzähle von Esther und Yildiz und dem unbekannten Spinner, der meinen Freundinnen ein Büschel Haare abgeschnitten hat. Damit mir das nicht auch passiert, habe ich beschlossen mit dem Fahrradhelm in die Schule zu gehen.

»Hahaha!« Mutter windet sich auf ihrem Stuhl. »Hahaha!«

»Was ist daran so komisch?«, frage ich sie verblüfft.

»Er kitzelt mich gerade. Hahaha!« Sie hält sich den Bauch. »Hahaha! Er kitzelt mich mit seinen kleinen Füßchen.«

Na warte, Blödmann! Dich kitzle ich später auch – mit ein paar kleinen Boxhandschühchen!

6

Von meinen drei Freundinnen ist nichts zu sehen, als ich am Nachmittag auf dem Seilspielplatz eintrudle. Ich klettere hoch in unser Nest. Hier oben könnte ich es eigentlich wagen den Helm abzunehmen. Oder ist das Risiko zu groß? Vorsichtshalber werfe ich einen Blick hinunter. Außer drei kleinen Kindern und ihren Müttern ist niemand zu sehen. Also runter mit dem Ding!

Meine Haare sind so nass wie nach dem Duschen. Bei dieser Hitze ist der Helm wirklich eine Folter. Als Tanja mich heute Morgen mit dem Ding auf den Schulhof kommen sah, lästerte sie zuerst über mich. Aber später in der Pause war sie dann ganz kleinlaut und machte ein todtrauriges Gesicht. Jemand hatte nämlich ein dickes Büschel aus ihren blonden Haaren herausgeschnitten.

Tja, mit Helm wäre das nicht passiert…

Ich hole ein Taschentuch aus der Jeans und wische
mir den Schweiß von der Stirn. Dabei fällt mir mein
Taschentuchtest ein. Einen netten Jungen wollte ich
damit aufstöbern? Das kann ich ja wohl vergessen!

Ich zerknülle das Taschentuch und werfe es hoch in die Sonne. Leider kommt es nicht dort an, sondern trudelt langsam wieder runter auf die Erde.

Wo bleiben denn meine drei Freundinnen? Tanja hat heute Geigenstunde und kann deshalb frühestens in einer Stunde auftauchen. Aber Yildiz und Esther müssten eigentlich schon da sein. »Hier, bitte schön!«, sagt plötzlich eine Stimme hinter mir.

Erschrocken fahre ich herum. »Jonas?«

»Du hast was fallen lassen«, murmelt er und hält mir das Taschentuch hin.

Ich bin baff!

»Oder hast du es weggeschmissen?«, fragt Jonas.

»Spinnst du?« Ich nehme ihm das Taschentuch aus der Hand und stopfe es in meine Jeans. »Ich schmeiß doch keinen Müll auf den Spielplatz«, lüge ich. »Danke übrigens!«

»Bitte.«

Er kratzt sich am Arm. »Willst du einen Kaugummi?« Ich nicke. Jonas klettert ins Nest und lässt sich mir gegenüber nieder.

»Moment mal!«, protestiere ich. »Eigentlich dürfen hier nur Mädchen rein.«

Er lacht und holt ein Päckchen Kaugummi aus seiner Hosentasche.

»Ist nur noch einer drin«, sagt er.

Ich gucke ihm dabei zu, wie er den Kaugummi aus dem Papier wickelt. Dann passiert etwas höchst Erstaunliches: Jonas rupft den Kaugummistreifen in zwei Hälften und gibt mir eine davon. Ich schiebe ihn mir in den Mund und spucke ihn sofort wieder aus.

»Igitt! Schmeckt ja ekelhaft! Was ist denn das für 'n komisches Zeug?«

»Ohne Zucker und Chemie«, erklärt Jonas. »So was gibt's nur im Bioladen. Mir schmeckt's!« Während er auf dem Kaugummi rumkaut, verschränkt er die Arme hinterm Kopf und schaut in den Himmel.

Das mit dem Taschentuch kann ich immer noch nicht fassen. Er hat es tatsächlich aufgehoben und mir sogar zurückgebracht – ausgerechnet Jonas! Soll das etwa heißen, dass er ein netter Junge ist?

Komisch: In unserem Klassenzimmer hat er überhaupt

nicht reagiert, als das Taschentuch direkt vor seinen Füßen landete. Ich muss daran denken, was mein Vater vor ein paar Tagen behauptet hat: dass Jungs ganz anders wären, wenn sie nicht in Horden auftreten, sondern einzeln. Da ist also tatsächlich was Wahres dran! Jonas hat mir noch nie einen Kaugummi angeboten. Und obwohl er nun schon ein paar Minuten lang mit mir im Nest hockt, hat er mich noch nicht geschubst.

Normalerweise macht er das mit jedem Mädchen, das näher als einen Meter an ihn rankommt. Seine Kumpel würden staunen, wenn sie ihn jetzt neben mir sehen könnten.

»Wo sind denn Ludwig und Miguel und deine anderen Freunde?«, frage ich Jonas. »Ihr wart ja schon ewig nicht mehr hier auf dem Spielplatz.«

»Wir haben was Wichtigeres zu tun.«

»So? Was denn?«

Er macht ein geheimnisvolles Gesicht, sagt aber kein Wort. Nachdem er ausgiebig in der Nase gebohrt hat, nimmt Jonas meinen Fahrradhelm und spielt damit rum. Ein Weilchen schweigen wir uns an. Dann quatschen wir über die Schule, und über die Indianergeschichte, die wir gerade lesen. Sie handelt von einem Apachenjungen und seinem schwarzen Pony.

Jonas sagt, dass er die Navahos besser fände als die Apachen. »Wieso?«

Jonas schüttelt den Kopf. »Das verstehst du ja doch nicht. Außerdem muss ich jetzt weg. Tschüs!« Und dann lässt er meinen Helm fallen, schwingt sich aus dem Nest und klettert schnell die Seile hinunter.

Reichlich seltsam, dieser Knabe. Aber auch ganz nett. Irgendwie.

Einen Tag später können Yildiz, Tanja und Esther es immer noch nicht fassen, dass ich einen Jungen in unser Nest gelassen habe.

»Hattest du denn keine Angst vor ihm?«, fragt mich Tanja in der Pause.

»Und wie! Ich hab gezittert wie verrückt.«

»Mach keine blöden Witze, Karotte!«, schimpft Yildiz. »Du weißt doch genau, dass Jonas zu den übelsten Schubsern auf der ganzen Schule gehört. Mit einem kräftigen Stoß hätte er dich aus dem Nest werfen kön-nen. Dann würdest du jetzt dein Käsebrot mit 'ner Gipshand festhalten.«

»Genau!«, sagt Esther. »Jonas ist unheimlich gefähr-lich. Er hat mich eben erst die Treppe runterge-schubst. Und als ich unten ankam, sprang Jonas auf mir herum wie auf einem Trampolin. Danach wollte er mir in die Nase beißen. Aber ich hab ihm den Arm so fest umgedreht, dass er anfing zu heulen.«

Ich muss lachen. »Und warum sieht deine weiße Blu-se noch so aus, als käme sie gerade frisch aus der Rei-nigung?«, frage ich Esther. »Gib's zu, du hast mal wie-der rumgesponnen.«

»Na ja, das mit dem Trampolin, der Nase und dem Arm – äh –, das ist mir gerade so eingefallen«, gestcht sie. »Aber geschubst hat er mich wirklich. Allerdings nicht die Treppe hinunter«, fügt sie etwas leiser hinzu.

Es klingelt zur nächsten Stunde. Beim Reingehen läuft uns Katrin über den Weg, die Rotz und Wasser heult. Ich kann mir sofort denken, was passiert ist: Der Frisör hat wieder zugeschlagen. Und so ist es auch. Diesmal hat er sich jedoch nicht mit ein paar Strähnen begnügt, sondern gleich ein Stück von Kat-rins Zopf abgeschnitten – samt Schleife.

»Zwei Jahre hat's gedauert, bis meine Haare so lang waren«, schluchzt Katrin.

»Dieser gemeine Idiot!« Tanja läuft vor Zorn knallrot an. »Aber nicht petzen, Katrin, wir kriegen ihn!«

»Wer kann das bloß gewesen sein?«, frage ich.

»Vielleicht dein Jonas!«, faucht Tanja und stapft die Treppen hoch.

Mein Jonas! Was soll der Quatsch? Fünf Minuten lang hab ich mit ihm zusammen in unserem Nest gesessen – na und? Dadurch hat sich doch nichts zwischen uns geändert. Na ja, das heißt *fast* nichts…

Heute Morgen bin ich Jonas zufällig in der Eingangshalle auf die Füße getreten. Anstatt mich wegzuschubsen hat er bloß gegrinst, und das nicht mal unfreundlich. Aber ich bin mir sicher: Bei der nächstbesten Gelegenheit verpasst er mir garantiert wieder einen kräftigen Schubser.

Oder?

7

Am Nachmittag hat Esther Angst. Diesmal aber nicht vor einem Jungen, sondern vor der Zahnärztin und ihren Instrumenten. Ihre Instrumente machen eine grässliche Musik, vor allem der Bohrer.

Meine Freundin traut sich nicht alleine zur Zahnärztin. Und weil ihre Mutter arbeiten muss, hat mich Esther gebeten sie zu begleiten. Um drei holt sie mich ab und dann radeln wir zusammen zur Oststraße.

»Hab ich einen Bammel!«, seufzt Esther, als wir vor einer roten Ampel stehen. »Ich war noch nie bei dieser Zahnärztin. Stell dir vor: Sie ist Rumänin!«

»Na und?«

»Kommt Dracula nicht auch aus Rumänien?«

»Keine Angst, sie wird dir schon nicht in den Hals beißen«, erwidere ich lächelnd.

Den ganzen Weg lang jammert mir Esther die Ohren voll. Im Wartezimmer dagegen kriegt sie keinen Ton raus. Kreidebleich hockt sie auf ihrem Stuhl und knabbert an den Nägeln. Als die Sprechstundenhilfe ihren Namen ruft, zuckt Esther zusammen und wirft mir einen verzweifelten Blick zu. »Nun geh schon!«, dränge ich sie. »Vielleicht hast du Glück und die Zahnärztin gerade keinen Durst auf Blut.«

»Sehr komisch«, murmelt Esther. Dann steht sie endlich auf und schleicht mit gesenktem Kopf aus dem Wartezimmer.

Nur wenige Minuten später kommt sie schon wieder zurück. »Wie war's?«, frage ich neugierig.

Esther zieht eine Flappe. »Langweilig. Kein Biss, kein Bohrer – es ist überhaupt nichts passiert! Und dafür hab ich mir fast in die Hose gemacht. Ganz schön blöd!«

Kurz darauf sitzen wir auf unseren Rädern und fahren nach Hause, und zwar im Eiltempo. Eben auf dem Hinweg war der Himmel noch blau, aber jetzt ziehen sich schwarze Wolken zusammen. Es hat sogar schon zweimal leicht gedonnert.

Plötzlich macht Esther vor mir so eine scharfe Vollbremsung, dass ich gegen ihren Hinterreifen krache.

»Spinnst du? Ich wäre beinahe auf die Straße gekippt.«

Esther zeigt auf die Haltestelle schräg gegenüber.

»Guck mal, da sitzen Ludwig und Alex.«

»Na und? Warum bremst du wegen diesen Spinnern?«

»Siehst du nicht, was Ludwig in der Hand hat?«

»Sieht aus wie 'ne Schlange.«

»Mensch, Karotte! Bist du denn blind? Das ist das Schleifenband von Katrins Zopf!«

»Hä?«

Esther rüttelt mich an der Schulter. »Die Schleife von Katrins Zopf?«

Verdattert glotze ich rüber zur Haltestelle. Esther könnte Recht haben: Das Band in Ludwigs Hand sieht tatsächlich so aus.

»Ludwig und Alex sind also die Mistkerle, die uns die Haare abgeschnitten haben!«, schreit Esther wütend.

Zum Glück ist der Verkehr so höllisch laut, dass die Jungs sie nicht hören können.

In diesem Augenblick hält eine Straßenbahn.

»Ob sie wohl einsteigen?«, fragt Esther.

»Nein. Sie haben doch ihre Fahrräder dabei. Ich wette, dass die auf jemanden warten.«

Hoffentlich nicht auf Jonas, füge ich in Gedanken hinzu. Die Straßenbahn fährt langsam weiter und gibt endlich wieder den Blick auf die Haltestelle frei. Ludwig und Alex sitzen schon auf ihren Rädern. Und auf Ludwigs Gepäckträger hockt Miguel.

»Wo die wohl hinfahren?«, murmelt Esther.

»Dahin, wo wir auch hinfahren. Komm, wir verfolgen sie!«

Esther wirft einen ängstlichen Blick zum Himmel, der immer dunkler wird.

»Ach, 'ne kleine Dusche kann uns nicht schaden«, beruhige ich sie.

»Und ein kleiner Blitzschlag?«

»Unsere Reifen sind doch aus Gummi. Dagegen kommt ein Blitz nicht an«, behaupte ich.

»Bist du sicher, Karotte?«

»Nö.«

In etwa 30 Metern Abstand radeln wir hinter den drei Jungs die Oststraße entlang und lassen sie keine Sekunde aus den Augen. Als sie in die Hüttenstraße einbiegen, können wir uns denken, wohin die Reise geht: in den Volksgarten.

Ich weiß nicht, wieso, aber irgendwie bin ich erleichtert, dass nicht Jonas aus der Straßenbahn gestiegen ist, sondern Miguel. Wenn Jonas zu den Haardieben gehören würde, wäre ich mächtig von ihm enttäuscht. An Katrins Zopf herumschnippeln – bei so was Fiesem würde Jonas niemals mitmachen!

Inzwischen sind wir im Volksgarten angekommen.

»Meinst du, sie fahren zum Seilspielplatz?«, fragt Esther.

»Keine Ahnung. Auf jeden Fall bleiben wir ihnen auf den…«

Mein letztes Wort übertönt ein gewaltiger Donner. Vor Schreck falle ich fast vom Sattel.

»Wir sind echt verrückt, Karotte! Gleich gießt es in Strömen. Wir müssen uns sofort unterstellen. Hast du gehört?«

»Brüll nicht so laut, sonst entdecken sie uns! Du kannst ja abhauen. Ich fahr ihnen alleine hinterher.«

»Diese Verfolgungsjagd ist der reinste Blödsinn!«,

schimpft Esther und weicht mir trotzdem nicht von der Seite. »Wo sind wir überhaupt?«

»Keine Ahnung.«

Hierher habe ich mich noch nie verirrt. Wir sind umgeben von riesigen Bäumen mit dichten Blättern. Es ist erst halb vier, aber genauso dunkel wie um Mitternacht.

Plötzlich ruft Esther: »Achtung, sie halten!«

Wir steuern auf den nächsten Baumstamm zu und verstecken uns dahinter. Etwa zwanzig Meter vor uns entdecke ich ein paar meterhohe Schachfiguren. Zwischen ihnen steht ein Junge.

»Wer ist das?«, flüstert Esther.

»Pscht!«

Ludwig hat gerade angefangen zu quatschen.

»Willst du etwa im Regen Schach spielen?«, höre ich ihn krächzen. »Los, steig auf dein Fahrrad! Wir müssen uns beeilen!«

Erst jetzt erkenne ich den Jungen – Jonas! Er trabt zu seinem Rad, schwingt sich auf den Sattel und folgt seinen Freunden.

»Schade«, murmle ich traurig.

»Wieso schade?«

»Ach nichts. Komm, fahren wir weiter!«

Wir setzen die Verfolgung fort. Kurz darauf erreichen wir eine Schrebergartensiedlung, in der wir ein Weilchen herumkurven. Schließlich steigen die Jungs von den Rädern. Ludwig schließt eins der Gartentore auf und im Nu sind er und seine Kumpane aus unserem Blickfeld verschwunden.

»Möchte mal wissen, was die dort treiben«, sagt Esther leise.

»Das werden wir uns gleich angucken.«

Obwohl es angefangen hat zu regnen, rühren wir uns nicht von der Stelle. Sicherheitshalber warten wir ein paar Minuten, dann stellen wir unsere Fahrräder ab und schleichen uns vorsichtig an den Schrebergarten heran.

Wir kommen näher und näher und näher – und plötzlich reiße ich die Augen auf: Auf dem Rasen vor dem Gartenhäuschen steht ein großes Indianerzelt!

Esther packt mich am Arm und zischt wütend: »Die

Schurken spielen Indianer. Denkst du auch, was ich denke?«

Ich nicke. »Aha, hier wohnt also der Stamm der Frisöre…«

Sofort nach unserer Entdeckung radeln Esther und ich zu Yildiz und rufen Tanja an, die nur ein paar Häuser weiter wohnt. Esther und ich sind klatschnass. Wir ziehen unsere Hosen und T-Shirts aus und schlüpfen in die Klamotten von Yildiz und ihrer älteren Schwester. Ich trage ein buntes Hemd, das mir fast bis an die Knie geht.

Als Tanja eintrudelt, erzählen wir alles. Sie und Yildiz können erst gar nicht glauben, was wir im Schrebergarten gesehen haben.

»Da steht *was?*«, ruft Tanja.

»Ein Indianerzelt«, wiederholt Esther. »Und das ist keine meiner Spinnereien. Karotte hat das Zelt nämlich auch gesehen, stimmt's?«

»Stimmt!«, schreie ich, weil ich mir gerade mit einem schrecklich lauten Föhn die Haare trockne.

Yildiz schüttelt fassungslos den Kopf. »Und Ludwig hatte wirklich Katrins Schleife in der Hand?«

»Ja«, sagt Esther. »Die spielen Indianer und deshalb wird fast jeden Tag eine von uns skalpiert.«

Ich schalte den Föhn aus und lasse ihn auf Yildiz' Bett fallen.

»Ihr wisst doch, was ein Skalp ist, oder?«, frage ich.

»Na klar!«, sagt Yildiz. »Die Indianer schneiden ihren Feinden die Kopfhaut ab und nehmen sie mit nach Hause. Das ist so 'ne Art Beweis für den Sieg. Aber seit wann sind wir denn die Feinde von Ludwig, Alex, Jonas und Miguel?«

»Seit dem ersten Schultag«, brüllt Esther lachend.

Tanja guckt mich finster an. »Und du hast diesen blöden Jonas in unser Nest gelassen! Findest du ihn jetzt immer noch nett?«

»Vielleicht weiß er ja gar nichts von den Skalps«, erwidere ich. »Aber wenn doch, kann er was erleben«, füge ich grimmig hinzu.

»Und wie willst du das rauskriegen?«, fragt Yildiz.

»Spielend«, antworte ich geheimnisvoll.

8

Am nächsten Tag rase ich gleich nach dem Mittagessen los in den Volksgarten. Wenn ich Glück habe, ist Jonas heute wieder auf dem Schachplatz. Wenn nicht, habe ich eben Pech.

Zugegeben: Ich will Jonas nicht nur deshalb treffen, weil ich das mit den Skalps rauskriegen möchte. Viel wichtiger ist meine Rache für sein blödes *»Das verstehst du ja doch nicht«,* als ich ihn letztens nach dem Unterschied zwischen Apachen und Navahos fragte. Na warte, du Angeber! Dir werde ich's zeigen, dass ich nicht so dämlich bin, wie du denkst.

Die Schachfiguren sind schon in Sicht, aber von Jonas keine Spur. Ich sehe nur einen alten Mann mit Strohhut. Er steht zwischen einem Turm und einem Läufer und macht ein nachdenkliches Gesicht. Wahrscheinlich spielt er gerade gegen sich selbst.

Ich steige vom Fahrrad und verstecke es hinter einem

Strauch. Dann setze ich meinen Helm ab, lasse mich auf einer schattigen Bank nieder und schaue dem alten Mann zu. Nachdem er zwei, drei Züge gemacht hat, sieht er auf die Uhr und stapft davon.

Kaum ist er zwischen den Bäumen verschwunden, kommt Jonas angeradelt. Sofort springe ich von der Bank und gehe hinter einem dicken Stamm in Deckung.

Jonas ist inzwischen abgestiegen und hat sein Fahrrad ins Gras fallen lassen. Nun stellt er die Figuren auf. Ist das nicht genau der richtige Zeitpunkt für eine zufällige Begegnung?

Ich schleiche mich zu meinem Rad und fahre los. Nach ein paar Metern trete ich auf die Bremse und rufe erstaunt: »Nanu, was machst du denn hier?«

Jonas guckt mich überrascht an. Dann schnappt er sich die Königin und antwortet: »Ich spiele Schach. Schon mal was davon gehört?«

»Kann sein. Ist das so was Ähnliches wie Halma?«, frage ich naiv. »Erklär mir mal die Regeln.«

Jonas schüttelt nachsichtig den Kopf. »Das ist viel zu

schwierig. Gegen mich hättest du sowieso keine Chance. Ich bin nämlich im Schachclub.«

»Erklär mir doch trotzdem die Regeln«, bitte ich ihn.

»Dann können wir zusammen spielen. Ich heul auch nicht, wenn ich verliere. Ehrlich!«

Jonas muffelt noch ein bisschen rum, aber dann lässt er sich doch dazu herab, der dummen Karotte das komplizierte Spiel Schach zu verklickern.

»Okay, fangen wir an«, schlage ich vor, nachdem mir

Jonas was über die Figuren erzählt hat. »So schwierig scheint das ja gar nicht zu sein.«

»Hast du 'ne Ahnung!«

Hast *du* erst 'ne Ahnung!, denke ich. Ich konnte schon Schach spielen, als du noch im Laufstall rumgekrabbelt bist. Mein Vater hat früher viele Schachmeisterschaften gewonnen und mir alle Tricks beigebracht.

Die Partie geht los. Eigentlich wollte ich ihn ja während des Spiels über den Indianermist und die

Skalps aushorchen. Aber das verschiebe ich auf später. Im Augenblick muss ich mich zu sehr konzentrieren, weil Jonas wirklich nicht übel spielt.

Am Anfang mache ich extra ein paar Fehler. Aber dann schubse ich Jonas' Figuren reihenweise vom Feld. Kein Wunder, dass er immer nervöser wird.

»Glück«, murmelt er ständig. »Reines Glück! So viel Glück hat man eigentlich nur an seinem Geburtstag.«

»Ich hab ja morgen«, verrate ich ihm.

»Wirklich?«

Ich nicke und mache wieder einen genialen Zug.

»Lad mich bloß nicht zu deiner Feier ein«, brummt er.

»Keine Angst, die fällt dieses Jahr aus. Schach!«

Jonas starrt abwechselnd meine Dame, meinen linken Turm und mich an. Sein König sitzt in der Falle.

»Das gibt's doch gar nicht!«

»Doch, das gibt's!«, erwidere ich fröhlich. »Du bist schachmatt!«

»Und das soll dein erstes Spiel gewesen sein?«

Bevor ich antworten kann, brüllt jemand hinter uns:

»Du gibst dich mit 'ner bleichgesichtigen Squaw ab,

du Idiot?« Ludwig! Er kommt zusammen mit Alex und Miguel angeradelt und bremst haarscharf vor meinen Füßen.

»Hey, da ist ja eine vom *Club der starken Mädchen*«, krächzt er. »Und sie hat keinen Helm auf! Los, Krieger!«

Sofort hüpfen Ludwig und seine Kumpane von ihren Rädern und stürzen sich auf mich. Ich wehre mich mit aller Kraft, aber sie sind stärker als ich. Schließlich halten Ludwig und Alex meine Arme fest. Miguel holt eine kleine Schere aus seiner Jacke und will sie Jonas geben. »Hier, du bist heute dran«, sagt er zu Jonas, der mit den Händen in den Hosentaschen neben seinem König steht.

Jonas schüttelt den Kopf. »Hilf mir!«, bitte ich ihn.

Da dreht er sich um, verpasst seinem König einen kräftigen Fußtritt und marschiert zu seinem Fahrrad.

»Wo willst du hin?«, ruft Ludwig.

Ohne zu antworten, steigt Jonas auf den Sattel und radelt davon.

Dann werde ich skalpiert.

9

Herzlichen Glückwunsch, Karotte!, gratulier ich mir selbst, weil sonst keiner dran denkt. Seit einer halben Stunde sitze ich schon am Frühstückstisch, aber meine Eltern haben meinen Geburtstag tatsächlich vergessen. Geburtstagskuchen?

Pustekuchen!

Sie merken natürlich nicht, dass ich stinksauer bin. Sie quatschen mal wieder über Blödmann Benders Namen und seine Bettwäsche und seinen Teddybären. Klar, ich darf nicht zu viel von ihnen verlangen. Warum sollten sie bei all diesen wichtigen Problemen auch noch dran denken, dass ihre Tochter heute neun Jahre alt wird?

Gestern Abend habe ich Mutter erzählt, dass mir ein paar Indianer eine Haarsträhne abgeschnitten haben. Und was hat sie dazu gesagt?

»Gut, dass wir deine alten Indianersachen aufgeho-

ben haben. Beim übernächsten Karneval kann sich dein Bruder als Apache verkleiden.«

Na prima – bei allem, was ich sage, denkt meine Mutter sofort an diesen Trottel in ihrem Bauch! Kein Wort werde ich mehr mit ihr und Vater reden. Die beiden interessieren sich doch nicht die Bohne für mich!

Beim Frühstück halte ich die Klappe. Kein schönes Geschirr, keine neun Kerzen, keine Geschenke – ich muss aufpassen, dass mir nicht die Tränen kommen.

»So, ich gehe jetzt«, verkünde ich beleidigt, nachdem ich meinen Kakao ausgetrunken habe.

»Mach's gut, Karo!«, sagt Mutter.

»Bis gleich«, sagt Vater.

»Wieso bis gleich? Heute haben wir fünf Stunden. Aber warum solltest du dich um meinen Stundenplan kümmern, Vati?«, frage ich giftig. »Der hängt ja nicht in Mutters Bauch.«

Ich stehe auf und rausche ab in mein Zimmer, wo ich mich von Rinaldo verabschiede. Dann nehme ich meine Schultasche und verschwinde aus der Wohnung.

Im Treppenhaus kommen mir die Tränen. Enttäuscht

schleiche ich die Stufen hinab und öffne die Tür zum Hof – und…

Wahnsinn!

An der Mauer, wo sonst mein altes Babyrad lehnt, entdecke ich ein nagelneues, feuerrotes, riesiges Fahrrad mit blitzenden Speichen und einem ganz tollen Lenker, giftgrünen Satteltaschen und einer Schaltung mit 21 Gängen.

Über dem Fahrrad hängt ein großes Plakat, auf dem in bunten Buchstaben steht:

Jetzt kommen mir erst recht die Tränen. Mit zwei Litern Wasser in den Augen renne ich die Treppen hoch und falle meinen Eltern um den Hals.

10

Ich kapier nicht, wieso wir nicht zu Herrn Wetzloff gehen und die Skalpjäger verraten«, sagt Tanja. »Jetzt wissen wir doch, wer's war, Karotte.«

»Stimmt. Aber wir sind keine Petzliesen«, erkläre ich.

»Ich schon«, erwidert Tanja heftig. »Wenn's darum geht, dass Jungs bestraft werden, petze ich sogar ganz besonders gerne.«

Yildiz und Esther beteiligen sich nur mit lautem Geschmatze an der Unterhaltung. Wir sitzen mitten in meinem Zimmer und feiern meinen Geburtstag. Yildiz hat mir eine CD von ihrer türkischen Lieblingssängerin geschenkt. Von Esther bekam ich ein niedliches Stoffkaninchen, damit sich Rinaldo in seinem Käfig nicht so einsam fühlt. Tanja hat ein Stück für mich komponiert, das sie mir nachher auf der Geige vorspielen will.

»Bestrafen müssen wir diese Idioten auf jeden Fall«, verkündet Yildiz mit vollem Mund. »Aber wie?«

»Ich bring morgen unsere Gartenschere mit in die Schule«, sagt Esther. »Damit verwandeln wir Ludwig und seine Stammesbrüder in vier Glatzköpfe.«

Wir spinnen uns einen Racheplan nach dem anderen zusammen und lachen uns dabei kaputt. Später spielen wir Monopoly. Und weil ich heute Geburtstag habe, lassen mich meine Freundinnen gewinnen.

Nachdem wir den Monopoly-Krempel weggeräumt haben, öffnet Tanja ihren Geigenkoffer.

»So«, sagt Tanja zu mir, während sie die Saiten stimmt. »Jetzt kriegst du endlich zu hören, was ich extra für dich komponiert habe.« Sie klopft mit dem Bogen auf das Fensterbrett. »Ruhe im Saal, bitte!«

Sie schließt die Augen, konzentriert sich ein paar Sekunden lang und legt los. Schon nach den ersten Tönen wechseln Yildiz, Esther und ich belustigte Blicke. Was Tanja da fiedelt, klingt verdächtig nach *Fuchs, du hast die Gans gestohlen*. Doch wir machen gute Miene zur geklauten Komposition und brechen nach dem letzten Ton in begeisterten Jubel aus. Tanja verbeugt sich zweimal, wobei sie knallrot anläuft.

»Ganz toll!«, schwärmt Esther. »Du musst unbedingt mal in der Aula auftreten.«

»Meinst du?« Tanja strahlt über beide Backen. »Aber dann bräuchte ich einen Begleiter am Klavier...«

»Sei mal still!«, zischt Yildiz plötzlich.

»Was ist denn?«, fragt Tanja.

»Pscht!« Yildiz zeigt auf ihre Stirn und flüstert: »Ich überlege.«

Wir lassen sie in Ruhe weiterdenken und futtern derweil ein weiteres Stück Kuchen. Während sich Yildiz den Kopf zerbricht, pult sie mit ihrem rechten Zeigefinger im Ohr herum. Vielleicht will sie ihr Gehirn massieren, damit es etwas schneller denkt. Ich bin wirklich gespannt, was sie gerade ausbrütet.

Schließlich guckt sie uns der Reihe nach an und fragt: »Wisst ihr noch, was Herr Wetzloff heute Morgen gesagt hat, als wir über die Indianergeschichte gesprochen haben?«

»Dass wir übermorgen in der Aula eine Überraschung erleben werden«, sagt Tanja. »Hast du eine Ahnung, was das sein könnte?«

Yildiz nickt. »Bei Wetzloffs Worten haben sich Ludwig und Alex ganz stolz zugenickt. Na, könnt ihr euch nicht denken, was für 'ne Überraschung er gemeint hat?«

»Na klar!« Ich drücke Yildiz einen ganz dicken Schmatzer auf die Backe. »Ich weiß auch schon, wie diese Überraschung durch den *Club der starken Mädchen* noch überraschender wird.«

Esther und Tanja ziehen eine Schnute.

»Erklärt ihr zwei Schlauberger uns bitte mal, wovon ihr redet?«, brummt Esther.

Ich balle die Fäuste. »Von Rache!«

11

Ihr spinnt!« Tanja ist kreidebleich. »Das klappt niemals, wetten?«

Esther, Yildiz und ich hören nicht auf sie und marschieren entschlossen weiter. »Wir werden alle von der Schule fliegen!«, jammert Tanja. »Und die Jungs brechen uns vor Wut sämtliche Knochen!«

Yildiz platzt der Kragen. »Jetzt halt endlich die Klappe! Wenn du nicht mitmachen willst, dann geh doch nach Hause.«

»Mir ist auch mulmig zu Mute«, gestehe ich Tanja und

lege einen Arm um sie. »Aber es wird schon nicht schief gehen.«

»Und wenn doch?«

»Es wird nicht schief gehen!«, wiederhole ich, obwohl ich mir da gar nicht so sicher bin.

Die Schule kommt in Sicht. Ich muss sofort an Jonas denken. Und prompt zwicken mich Gewissensbisse, weil ich meinen Freundinnen etwas verheimlicht habe. Gestern nach meiner Geburtstagsparty gab's nämlich noch eine Riesenüberraschung. Nachdem meine Freundinnen verschwunden waren, klingelte es bei uns. Ich traute meinen Augen nicht: Jonas stand vor der Tür! Er murmelte etwas, drückte mir einen Briefumschlag in die Hand und sauste davon.

Neugierig riss ich den Umschlag auf. Meine Haare! Jonas war feige abgehauen, als mir Miguel eine Strähne abgeschnitten hatte. Und jetzt kam er an und brachte sie mir zurück. Was soll ich damit? Schließlich kann ich sie mir ja nicht einfach wieder ankleben. Ich war immer noch stinkwütend, dass Jonas mir nicht geholfen hat. Seit meiner Skalpierung behandelt er mich wie Luft. Ich ihn natürlich auch. Aber trotzdem habe ich mich über sein seltsames Geburtstagsgeschenk gefreut. Heute Morgen wollte ich mich dafür bedanken, aber irgendwie traute ich mich nicht.

Meinen Freundinnen habe ich natürlich nichts von dem Briefumschlag erzählt. Sie würden das bestimmt nicht verstehen und sich darüber lustig machen. Ja, zugegeben, so richtig versteh ich es selbst nicht, aber ich möchte einfach keine Witze darüber hören, basta!

»Sollen wir's nicht lieber sein lassen?« Tanja fängt schon wieder mit dem Gejammer an. »Wenn wir erwischt werden, landen wir vielleicht im Gefängnis. Das ist doch ein Einbruch, was wir vorhaben!«

»Blödsinn!«, faucht Esther. »Das ist kein Einbruch, sondern nur – na ja –, wie würdest du das nennen, Karotte?«

»Quittung. Die Jungs kriegen die Quittung für ihre Skalpjagd.«

Die Schule ist schon in Sicht.

»Wer von uns kann am besten schauspielern?«, fragt Yildiz in die Runde.

»Ich«, behauptet Esther.

»Das stimmt«, gebe ich zu. »Aber du übertreibst immer so furchtbar. Darum sollte lieber Yildiz das Pinkeltheater aufführen.«

»Ich?« Yildiz macht ein verlegenes Gesicht. »Also, ich weiß nicht. Kann das nicht jemand anderes machen?«

»Ich nicht!«, sagt Tanja schnell.

»Na gut«, seufze ich. »Ich opfere mich. Und ihr geht sofort in Deckung. Und in spätestens fünf Minuten seid ihr am Fenster, kapiert?«

Yildiz nickt. Die drei laufen zur nächsten Litfaßsäule und verstecken sich dahinter.

Ich gehe weiter. Mit jedem Schritt wird mein Bammel größer. Als ich vor dem geschlossenen Schultor ankomme, hole ich erst mal tief Luft, ehe ich auf die Klingel drücke.

»Ja?« Die Stimme in der Sprechanlage gehört Herrn Weidenbeck, unserem Hausmeister.

»Hier ist Karoline Bender von der 3 b«, fange ich an. »Ich wollte mal fragen … ob … ob ich … «

Oh Mann, bin ich nervös!

»Was wolltest du fragen?«, brummt Herr Weidenbeck.

»Ich muss mal!«

Die Sprechanlage bleibt stumm.

»Ich muss mal«, wiederhole ich zaghaft.

»Gibt's hier keine Toilette in der Nähe?«, fragt unser Hausmeister nicht besonders freundlich.

»Ich mach gleich in die Hose!«, rufe ich verzweifelt.

Herr Weidenbeck sagt kein Wort, und das eine ganze Weile.

»Hallo, sind Sie noch da?«, erkundige ich mich.

Plötzlich höre ich, wie das Schultor aufgeschlossen wird.

»Beeil dich«, sagt Herr Weidenbeck mürrisch.

»Danke.«

Ich renne quer über den Schulhof zu den Toiletten neben der Turnhalle.

Im Mädchenklo reiße ich das Fenster auf. Meine Freundinnen warten schon davor.

»Los, Beeilung!«

Eine nach der anderen klettert durchs Fenster.

Als alle in der Toilette sind, pikst mich Yildiz in die Seite: »Worauf wartest du? Hau ab!«

»Komisch: Ich muss *wirklich* mal!«

Nach dem Pinkeln sause ich zurück zum Schultor, wo mich Herr Weidenbeck schon ungeduldig erwartet.

»Vielen Dank noch mal«, flöte ich. »Wiedersehen!«

»Wiedersehen!« Er schließt das Schultor wieder ab.

Ich spurte um die Ecke und kehre durchs Toilettenfenster zurück in die Schule.

»Na also, hat doch prima geklappt!«, begrüßt mich Esther. »Jedenfalls der erste Teil.«

»Aber wenn Herr Weidenbeck uns erwischt...«

»Tut er aber nicht«, unterbreche ich Tanja, die pausenlos an den Nägeln knabbert. »Dafür sind wir viel zu schlau. Und zu leise. Los, wir ziehen die Schuhe aus! Hast du auch alles im Rucksack, was wir brauchen?«, frage ich Yildiz, während ich aus meinen Turnschuhen schlüpfe.

Sie nickt.

»Okay, dann schleichen wir uns jetzt in die Aula...«

12

Herzlich willkommen in der Aula!« Herr Wetzloff, unser Klassenlehrer, steht auf der Bühne und hält eine kleine Begrüßungsrede. Außer unserer Klasse haben sich auch die 3 a und die 3 c hier versammelt. Yildiz, Tanja und Esther sind ziemlich aufgeregt, aber nicht halb so sehr wie ich. Von uns vieren habe ich noch einen Grund mehr für eine Extraportion Aufgeregtheit: Jonas.

Dieser Kerl bringt mich völlig durcheinander!

Unser heimlicher Besuch gestern in der Aula lief reibungslos ab. Wir erledigten, was wir zu erledigen hatten, und machten uns dann schleunigst aus dem Staub. Ich kletterte als Letzte durchs Fenster, doch statt meinen Freundinnen hinterherzurennen, blieb ich wie angewurzelt stehen. Denn wen entdeckte ich auf der anderen Straßenseite? Einen der Indianer, ausgerechnet Jonas!

Er stand neben seinem Fahrrad und starrte verblüfft zu mir rüber. Ich starrte zurück.

»Wo bleibst du denn, Karotte?«, hörte ich Yildiz plötzlich schreien.

Ich lächelte Jonas nur kurz zu und rannte weiter.

Heute Morgen hatte ich damit gerechnet, dass Jonas uns verpfeifen und Herr Wetzloff uns zur Schnecke machen würde. Aber es ist nichts passiert, bis jetzt jedenfalls nicht.

Meinen Freundinnen habe ich das verheimlicht, natürlich nur aus Rücksicht. Wenn Tanja gehört hätte, dass uns Jonas gestern gesehen hat, wäre sie sofort in Ohnmacht gefallen. Und Yildiz und Esther wäre es jetzt ganz schlecht vor Angst.

Aber irgendwie… Irgendwie trau ich Jonas zu, dass er die Klappe hält.

Ob er sich denken kann, warum wir uns gestern in der Schule rumgetrieben haben? Ach Quatsch! Gleich werde ich wissen, ob unser Racheplan klappt oder nicht.

Endlich ist Herr Wetzloff mit seiner Ansprache fertig. Wahrscheinlich hat ihm gar keiner während seiner Rede zugehört, weil alle zu sehr mit Staunen beschäftigt waren. Die linke Seite der Bühne hat sich nämlich während seiner Rede in ein kleines Indianerdorf verwandelt. Neben dem Zelt, das Esther und ich schon letzte Woche in Ludwigs Schrebergarten gesehen haben, steht ein Marterpfahl. Drum herum liegen Bogen, Köcher, Trommeln und jede Menge anderes Indianerzeug.

»So«, sagt Herr Wetzloff. »Jetzt werdet ihr erleben, wie sich vier eurer Mitschüler in tapfere Navaho-Krieger verwandeln.«

Die Show beginnt. Tanja, Esther, Yildiz und ich wechseln verschwörerische Blicke, als Ludwig und seine Stammesbrüder die Bühne betreten. Bei Jonas' Anblick klopft mein Herz bis zum Hals. Aber er grinst cool zu mir rüber!

Na, wenn das kein gutes Zeichen ist…

»Als Erstes zeigen euch die Jungs, wie sich Indianer schminken, wenn sie auf Kriegspfad gehen«, kommentiert Herr Wetzloff.

Yildiz kichert, als sich die vier Navahos vor einen großen Spiegel hocken und ihren Schminkkasten öffnen. Ein paar Minuten später haben sie ihre Gesichter mit bunten Farben bemalt. Aber sie kratzen sich nicht.

»Kapierst du das?«, flüstert mir Esther ins Ohr. Ich

schüttle den Kopf. Mittlerweile hat Yildiz aufgehört zu kichern und macht ein ratloses Gesicht.

»Hast du nicht das Juckpulver in den Schminkkasten gestreut?«, frage ich Tanja.

»Doch«, beteuert sie.

Aber die Wirkung ist gleich null – zunächst. Nachdem Ludwig und die anderen drei in ihre Indianerkostüme gestiegen sind, geht das große Kratzen los. Miguel ist der Erste, der die Farben in seinem Gesicht völlig verschmiert. Einige Zuschauer lachen. Als dann auch noch Alex, Jonas und Ludwig wie verrückt an Stirn und Backen kratzen, wird das Gelächter immer lauter.

»So, und jetzt zeigen euch die Navahos, welche Waffen sie auf der Jagd benutzen«, sagt Herr Wetzloff.

Ludwig geht auf den Marterpfahl zu, in dem viele bunte Pfeile stecken. Er will einen herausziehen, aber das klappt nicht. Dann versuchen es Miguel, Alex und Jonas – vergeblich! Nicht mal Herr Wetzloff bekommt einen der Pfeile heraus. Die Zuschauer haben Spaß an diesem Spektakel. Sie lachen und klatschen, einige brüllen sogar immer wieder: »Zugabe! Zugabe!« Keiner scheint zu bemerken, dass die armen Navahos immer nervöser werden.

»Na, hab ich zu viel versprochen?«, zischt Yildiz. »Dieser Leim klebt super!«

Jetzt stehen die vier Krieger total geknickt auf der Bühne und kratzen sich die Gesichter wund. Jonas tut mir Leid.

»Tja, anscheinend hat ein feindlicher Medizinmann eure Pfeile verzaubert«, versucht Herr

Wetzloff die traurigen Navahos aufzumuntern. »Wie wär's, zeigt ihr uns noch einen der Stammestänze?«

Erst trauen sich die tapferen Krieger nicht, aber dann vollführen sie ein paar seltsame Verrenkungen. Sie werden immer schneller und zwischendurch kratzen sie sich immer wieder im Gesicht herum. Das Publikum tobt vor Begeisterung über dieses Ballett und kriegt sich nicht mehr ein vor Lachen.

»Ihr seht den berühmten Insektentanz der Navahos!« Herr Wetzloff lacht lauter als wir alle zusammen. »Allerdings fehlt noch die richtige Navaho-Musik.«

Er drückt auf den Kassettenrekorder – und es erklingt *Morgen kommt der Weihnachtsmann*. Die Kassette wurde gestern gegen das Navaho-Tape ausgetauscht, und zwar von Esther.

Das Publikum lacht Tränen. Sogar Jonas muss grinsen. Seine drei Freunde finden die Show jedoch nicht so komisch. Ludwig sieht aus, als würde er gleich losheulen. »Es hat tatsächlich geklappt!«, jubelt Tanja. »Die Mistkerle haben sich völlig lächerlich gemacht. Und keiner hat mitbekommen, wer dahinter steckt!«

Einer schon… Und dieser eine taucht plötzlich nach der letzten Stunde im Treppenhaus neben mir auf. Meine drei Freundinnen sind schon weg, weil ich heute Milchdienst hatte und die Kiste mit den leeren Milch- und Kakaoflaschen zum Hausmeister bringen musste. Jonas sagt kein Wort und fummelt immer noch in seinem Gesicht herum. Erst schweige ich auch, aber dann muss ich ihn fragen: »Warum hast du uns nicht verraten?«

»Darum«, brummt er nur.

Wir verstummen wieder. Als wir auf den Schulhof kommen, murmelt er: »Tschüs!«, und beschleunigt seine Schritte. »Warte mal!«, rufe ich.

Jonas geht weiter, schaut sich aber noch mal um.

Ich zeige auf sein zerkratztes Gesicht. »Tut mir Leid!«, sage ich und versuche zu lächeln.

»Tut mir auch Leid«, ruft er zurück, »das mit den Haaren!« Und damit verschwindet er durchs Schultor.

Tja, ganz schön spannend, dieser Tag! Erst die witzigste Indianershow der Welt und dann ein Junge, der sich bei mir entschuldigt. Zu Hause gibt es 'ne Menge zu erzählen.

Doch als ich dort ankomme, erwartet mich die nächste Überraschung. Mein Vater öffnet mir strahlend die Tür und drückt mir einen Kuss auf den Mund.

»Was machst du denn hier?«, rufe ich. »Musst du heute nicht ins Büro?«

»Es ist so weit!«, jubelt er.

»Was ist so weit?«

Meine Mutter kommt in den Flur. Sie hat die Reisetasche in der Hand, die schon seit Wochen gepackt ist. Aha: Blödmann Bender wird es in Mutters Bauch zu eng.

»Wir fahren jetzt ins Krankenhaus«, sagt Vater. »Nach der Untersuchung ruf ich dich an.«

Mutter will sich zu mir bücken, was Blödmann aber mit ein paar kräftigen Tritten verhindert.

»Der hat's aber eilig!«, ächzt Mutter mit einem gequälten Lächeln und hält sich den Bauch.

Ich ziehe eine Schnute. »Von mir aus kann er sich ruhig noch etwas Zeit lassen.«

Mutter hakt sich bei Vater ein und geht mit ihm zur Tür.

»So ein Mist!«, schimpft Vater. »Jetzt geht's los und wir haben immer noch keinen Namen für ihn.«

»Tja, dann müsst ihr ihn wohl doch Blödmann nennen«, erwiderc ich grinsend.

Meine Eltern verlassen die Wohnung. Ich gucke zu, wie sie in Zeitlupe die Stufen hinuntergehen.

»Ich hätte da noch einen anderen Vorschlag«, rufe ich ihnen hinterher. »Wie wär's mit Jonas?«

Der große Bücherbär
Buntes Leseabenteuer

Bereits erschienen:

Sarah Bosse, **Linus, Leonie und die Wildpferde**

Manfred Mai, **Das Geheimnis der Schwarzen Höhle**

Friederun Reichenstetter, **K.RI.MI & Krypto –
Die Spur führt zum Moor**

Friederun Reichenstetter, **K.RI.MI & Krypto –
Jagd auf den goldenen Panther**